AF233674

DÉFENSE

DES

COMÉDIENS FRANÇAIS,

CONTRE

LES AUTEURS DRAMATIQUES,

ADRESSÉE

AU COMITÉ DE CONSTITUTION.

(1791)

DÉFENSE

DES

COMÉDIENS FRANÇAIS,

CONTRE

LES AUTEURS DRAMATIQUES,

Adressée au comité de Constitution.

L ES auteurs dramatiques se sont présentés il y a quelques jours à l'ASSEMBÉE NATIONALE: ils ont eu l'audace de lui demander une loi qui leur assure la propriété de leurs ouvrages. Or tous leurs ouvrages nous appartiennent par le droit naturel, & de plus par le droit de conquête. Donc la demande est injuste & attentatoire à la liberté. En effet, que voulons-nous obtenir? la liberté de conserver notre privilége.

Les auteurs dramatiques, méchamment enne-

(4)

mis de ce genre de liberté qu'ils ont appelé le despotisme, demandent, pour tous les citoyens, le droit d'ouvrir un théâtre public, & d'y représenter les ouvrages des auteurs vivans, avec la permission des auteurs, & de plus les ouvrages des auteurs morts depuis cinq ans, sans aucune permission, pas même la nôtre. Quelle tyrannie !

Le comité de constitution, chargé d'examiner la pétition des auteurs dramatiques, voudra bien observer qu'il existe des actes entre la comédie française & quelques-uns des auteurs morts. Nous lui apprenons que nous avons aussi des réglemens très-curieux, signés le duc d'Aumont pair de France, le duc de Fleuri pair de France, le duc de Richelieu pair & maréchal de France, le duc de Duras pair & maréchal de France, tous quatre gentilshommes de la chambre, & les premiers législateurs du monde, sans contredit.

Il est bien vrai que dans tous ces actes, dans tous ces réglemens, il ne s'agit pas de représenter exclusivement jusqu'à la fin des siècles les ouvrages des auteurs ; il n'en eſt pas plus queſtion que du pacte de famille ou de la loi ſalique : mais ce droit de repréſentation excluſive eſt évidemment ſous-entendu : entre bons logiciens il ne faut pas ſe chicaner pour des bagatelles.

Comme nous aimons la logique, nous ferons à nos antagoniſtes un double raiſonnement qui pourra les embarraſſer. Nous avons un privilége excluſif ; donc nous avons le droit inconteſtable de repréſenter excluſivement les ouvrages des auteurs : nous avons le droit inconteſtable de repréſenter excluſivement les ouvrages des auteurs ; donc nous devons conſerver notre privilége excluſif. Nous deſirons qu'on nous réponde nettement ſur ce point.

Notre théâtre privilégié a gagné quatre ou cinq millions avec les ouvrages de Corneille. Comme nous aimons bien autant l'argent que la logique, s'il eſt permis à d'autres théâtres de repréſenter les ouvrages de Corneille, chacun de ces théâtres doit préalablement nous payer les quatre ou cinq millions que nous avons gagnés ; cela eſt rigoureuſement démontré.

On affure que Corneille eft mort dans la misère, & que plus de cent comédiens fe font enrichis avec fes pièces. Nous répondrons que rien n'eft plus vrai, mais que c'eft de toute juftice. Nous répondrons de plus, que fi nous avons gagné quelques millions avec fes ouvrages, nous lui avons amplement témoigné notre reconnoiffance, en faifant l'aumône à l'un de fes héritiers, ce qui dans le temps a fait un fingulier honneur au gouvernement. Cette aumône étoit une repréfentation au profit de François Corneille : elle a rapporté à l'arrière-petit-fils, à-peu-près la millième partie de ce que nous avons gagné avec le bifaïeul ; & notre générofité eft affez connue, pour qu'il nous foit permis de dire que nous ferons prêts dans tous les temps à faire des marchés pareils.

On a dit que moyennant notre privilége exclufif, nous étions les maîtres des conditions, & que les auteurs n'étoient pas libres : comme fi les auteurs n'étoient pas toujours les maîtres de ne pas faire repréfenter leurs pièces ; donc il eft évident qu'ils étoient libres.

Encore un coup, nous tenons nos réglemens des gentilshommes de la chambre, qui étoient tous de grands politiques, des hommes extrêmement éclairés, & des logiciens presque aussi forts que nous. Me. Mirbek trouve ces réglemens parfaits ; or Me. Mirbek est un profond raisonneur ; il a démontré que dans tous les arts *la concurrence anéantit l'émulation*. En partant de cet admirable principe, qui a le grand mérite d'être neuf, nous devons conserver notre privilége exclusif ; en effet rien n'encourage l'émulation comme un privilége exclusif. On nous dira qu'il faut prouver ces assertions. Nous répondrons avec confiance qu'il ne faut pas se donner la peine de prouver les choses évidentes.

Mais nous voulons terrasser nos antagonistes. Nous sommes chargés de dettes ; nous avons emprunté dans l'espérance que nous représenterions toujours exclusivement les ouvrages des auteurs morts. Donc l'assemblée nationale doit nous laisser jouir de ce droit exclusif ; & même, comme ce droit seroit peut-être insuffisant pour payer nos dettes, nous espérons que l'assemblée nationale voudra bien ordonner aux auteurs de nous donner à l'avenir beaucoup d'argent pour repréfenter leurs ouvrages. La demande eft d'une exaĉte juftice ; en effet quelques-uns de nous ont emprunté dans cette efpérance.

Si l'affemblée nationale pouvoit s'écarter de la logique & de l'équité au point d'abolir notre privilége, nous ferions réduits à demander que nos dettes fuffent payées par la nation, comme il eft jufte & convenable.

Nous nous fommes montrés fi bon citoyens! Depuis plus de cent ans nous étions comédiens du roi ; du moment que nous avons vu que la nation étoit la plus forte, nous fommes devenus comédiens de la nation, mais fans ceffer d'être comédiens du roi. Pourquoi cela ? Pour deux raifons, comme M. Pincé : d'abord, en cas de contre-révolution. . . . . . Et puis, fi la nation nous paie en détail, le roi nous penfionne. On a eu l'attrocité de dire que nous reffem- blions au fecrétaire de Bridoifon qui mange à deux rateliers. Si l'on veut être plaifant, nous fommes fort plaifans auffi. Pour en être persuadé, il suffit de nous voir jouer la tragédie. Mais cette réputation de plaisanterie, dont nous jouissons, n'est pas une raison pour qu'on ose rire à nos dépens. Et nous avons *délibéré una-nimement*, selon le style de notre assemblée, nous avons, dis-je, *délibéré unanimement*, de demander à l'assemblée nationale une loi constitutionnelle, par laquelle il sera défendu à tous les citoyens de se moquer de nous, sous peine de nous donner beaucoup d'argent.

On assure que l'opinion publique est contre nous. Tant mieux. Le grand nombre a tort, nous sommes le très-petit nombre, & tous désinté-ressés sur la question ; donc nous avons raison.

On nous dit que nous avons besoin des auteurs, qu'une pièce de théâtre existe sans des comé-diens, mais que des comédiens ne peuvent exis-ter sans des pièces de théâtre. Ce raisonnement est très-faux, témoin les comédiens de bois. Nos antagonistes n'ont aucune logique.

D'ailleurs, si l'on nous ôte notre privilége, la part entière ne sera plus de vingt à vingt-cinq mille livres, comme elle doit être pour le bien de l'état. Nous obferverons au comité de conftitution, qu'un auteur dramatique, un orateur, un philofophe, un légiflateur peut vivre avec mille écus par an ; mais un comédien a fon rang à foutenir. Quelques - uns de nous font *expofés* à jouer les rois : queft-ce que vingt cinq mille livres pour un roi ? En dépit de toutes les révolutions, il n'y a pas de monarque au monde qui ait une lifte civile auffi peu *conféquente.*

Une ordonnance du roi Louis XIII a déclaré que les gentilshommes ne dérogeroient pas en devenant comédiens français. D'après cette ordonnance, Louis XIII doit être regardé comme le plus grand roi de la monarchie.

Mais d'après cette ordonnance, il eft évident que le décret de l'affemblée nationale fur l'abolition de la nobleffe, ne fauroit s'étendre jufqu'à nous. Les comédiens qui ont l'honneur d'être gentilshommes, doivent mourir gentilshommes; & mademoifelle Contat doit conferver le manteau ducal fur fa voiture, en vertu de fes nombreufes alliances.

Si le comité de conftitution eft curieux de favoir quel eft le gouvernement que nous avons

adopté pour nous, il apprendra que c'eſt le gouvernement oligarchique. Nous avons été inſ-
truits ces jours paſſés, que pluſieurs de nos cama-
rades, ayant peu de goût pour cette conſtitution,
vouloient renoncer à notre ſociété, & ſe priver
du plaiſir d'être avec nous. Sur cela, nous les
avons bravement dénoncés comme des ſcélérats ;
le comité des recherches doit être ſaiſi de l'affaire,
& le châtelet s'apprête à punir ſévèrement ce
crime de lèze-nation.

Item, nous dénonçons comme un ſcélérat M.
François Talma, coupable d'avoir joué ſupérieu-
rement le rôle de Charles IX, & de ne pas rai-
ſonner auſſi bien que nous.

Item, nous dénonçons comme des ſcélérats,
MM. de la Harpe, Ducis, Lemière, Champfort,
Chénier, Fabre Desglantine, Sédaine, Paliſſot,
Mercier, Maiſonneuve, &c. &c. & tous ceux
qui ont ſigné l'infernale pétition des auteurs dramatiques. Ils ne veulent pas faire tout ce que
nous voulons : quel deſpotiſme ! Ils ne veulent
pas que nous ſoyons les propriétaires de leurs
ouvrages : quel brigandage intolérable !

Item, nous demandons des couronnes civiques

& des récompenses pécuniaires, pour avoir offert sans cesse aux fédérés, dans le mois de juillet dernier, le comte de Comminge, le siége de Calais, Gaston & Bayard, pièces qui étincellent de patriotisme & de philosophie ; & pour avoir écarté de leurs regards avec un soin scrupuleux tous les ouvrages qui auroient pu rallentir en eux l'amour de la liberté, comme par exemple, Brutus, la mort de César, les Horace, Barne-velt, Guillaume Tell, & sur-tout Charles IX, que nous avons refusé avec tant de constance à des députés de l'assemblée nationale, au public de Paris, aux fédérés des bouches du Rhône & d'une vingtaine d'autres départemens. Nous avons presque soutenu un siége dans les formes, pour ne point représenter cette tragédie ; malheureusement il a fallu capituler. Comme nous sommes de fortes têtes, nous avons habilement apperçu, au bout de trente-trois représentations, que Charles IX faisoit aimer singulièrement le fanatisme & la tyrannie, ce qui est incendiaire : il est vrai que nous avions d'abord empoché beaucoup d'argent qu'il nous avoit rapporté, mais l'argent n'eft pas incendiaire. L'auteur nous a forcés de donner deux repréfentations de fa pièce au profit des pauvres ; il leur a abandonné fa rétribution dans ces deux repréfentations, dans une troifième & dans toutes celles qui pourroient avoir lieu par la fuite. D'après cela nous avons conclu que c'eft un monftre d'avarice. Quand il a été queftion de favoir fi l'on nous accorderoit l'état civil, le même auteur, *à notre priere*, avoit le premier écrit en notre faveur. D'après les fervices qu'il nous a rendus, nous fommes obligés de conclure que c'eft un monftre d'ingratitude.

Si ces éclairciffemens ne fuffifent point au comité de conftitution, nous l'invitons à vouloir bien nommer quatre députés ; nous nommerons de notre côté quatre ambaffadeurs : nous choifirons d'abord un homme de poids, M. Defeffarts, auquel nous joindrons MM. d'Azincourt & Florence, & M. Naudet, qui commande l'exercice en comédien, & qui joue la comédie en grenadier. Ces Meffieurs ne font pas tout-à-fait d'auffi puiffans logiciens que M. Défeffarts, mais ils fort pourtant d'une jolie force.

Ils tâcheront d'imiter l'ordre & la clarté qui règnent dans cet opuscule & dans toutes nos productions. Afin d'éviter des discussions frivoles entre les députés respectifs, nous prions l'assemblée nationale de régler le cérémonial.

De l'imprimerie de LAILLET & GARNÉRY, rue Serpente, n°. 17.